*Para Longiswa, mi Kwela Jamela*

Texto y dibujos: Niki Daly
Traducción: Aina Alcover
Dirección colección: Lourdes Cusó

Publicado por primera vez en Gran Bretaña en 2001 por Frances Lincoln Limited,
4 Torriano News, Torriano Avenue, London NW5 2RZ.

Coordinación de la producción: Elisa Sarsanedas

ISBN: 84-8452-062-5

Impreso en Singapur

# ¿QUÉ HAY PARA COMER Jamela?

TEXTO Y DIBUJOS

Niki DALY

Intermón
Oxfam

Gogo y mamá hablaban sobre lo que harían para comer el día de Navidad.
–Yo haré el pudín. Tu puedes hacer un pollo –dijo Gogo.
–Y Thelma hará un rico arroz y un guiso con *marogo* –añadió mamá.
–¡Bien! –exclamó Gogo –el día de Navidad tendremos una comida estupenda.
Jamela sabía bien qué era la Navidad. Era cuando se celebraba el
nacimiento de Jesús con una representación en el colegio. Navidad
también significaba regalos y reunirse con la familia.

Cuando Gogo se fue, mamá dijo:

—Ven Jamela, vamos a ver a la señora Zibi y le compraremos un polluelo.
Si lo alimentamos bien, estará gordo y hermoso para Navidad.

Mamá dejó que Jamela lo escogiera: uno rojo, muy
bonito. La señora Zibi les dio una bolsa de *mielies*.

—Le podemos llamar Navidad —propuso
Jamela.
—Es un buen nombre para un
pollo de Navidad, Jamela —asintió
mamá sonriendo.

Cuando llegaron a casa, mamá enseñó a Jamela la cantidad de agua y de *mielies* que tenía que dar cada día al polluelo.

–Mira si come de tu mano –sugirió mamá.

Jamela, nerviosa, le tendió un puñado de *mielies* amarillos.

–¡Mira, mamá, sí que come! –gritó Jamela.

Bien, ahora tengo que alimentar a mi propio polluelo –dijo mamá, sonriendo.

Antes de acostarse, Jamela preguntó

–¿Cuánto falta para Navidad, mamá?

–Cuando el pollo esté gordo y hermoso será Navidad –respondió mamá.

Cada mañana, antes de ir al colegio, Jamela daba a Navidad
comida y agua. Si le daba tiempo, dejaba que Navidad se sentase en
su regazo y le ofrecía *mielies* con la mano.

¡Cómo le gustaba comer! Mamá recogía los excrementos del pollo,
que utilizaba para abonar los calabacines del huerto. Él y los calabacines
parecían crecer día a día.

Siempre que Gogo llegaba de visita, preguntaba
—¿Cómo va la comida de Navidad? Jamela fruncía el ceño y
contestaba —va bien, Gogo.
Pero no le gustaba cómo Gogo se relamía los labios, igual que la
señora del anuncio del pollo frito de la tele.

En el colegio, hicieron una representación del nacimiento. Había ángeles y bailarines africanos. Jamela hacía de María y llevaba al niño Jesús en la espalda, como una mamá de verdad. Vuyo era un apuesto san José, con su túnica y su sombrero basuto.

Tabot, Elliot y Zingi eran unos espléndidos Reyes Magos, con sus camisas madiba.

Entonaban villancicos al son de *marimbas* y tambores. Todo el mundo cantaba y batía palmas.

Cuando Jamela y mamá regresaron a casa, Jamela preparó un pesebre para Navidad.

–Es un pesebre muy bonito. Espero que no le cojas demasiado cariño a ese pollo –dijo mamá.

–No mamá –respondió Jamela, y salió corriendo.

–¡Navidad, pollito!, ven y verás lo que te he preparado –decía Jamela.

Mamá se preocupaba cuando veía lo contentos que parecían estar juntos Jamela y el pollo, que ya había engordado mucho. Se preguntaba cómo reaccionaría Jamela cuando lo cogiese para meterlo en la olla.

La víspera de Navidad, llegó la señora Zibi.

–Jamela, por favor, vete a ver cómo está preparando Thelma el arroz y el
marogo –dijo mamá.

Jamela miró cómo la señora Zibi frotaba sus grandes manos sobre el
delantal. Parecían muy dispuestas a ponerse manos a la obra.

–Jamela, deja de mirar y vete –insistió mamá.

Jamela sabía que no estaba bien discutir con los mayores, pero no le gustaba cómo estaban las cosas.

–Bien, mamá –asintió Jamela, y se fue hacia la casa de Thelma...

...con Navidad en brazos.

Navidad aleteaba y cacareaba. Casi se escapó de los brazos de Jamela.

–¿Quieres venderme tu pollito? –le preguntó una señora que cocinaba patas de pollo para sus clientes.

–¡*Aikona*! –negó Jamela y se alejó corriendo.

¡Pii, piip!, un taxi daba bocinazos. Sobresaltada, Jamela dio un brinco y Navidad se le escapó. En la parada de taxis todo el mundo rió al ver cómo el pollo se colaba entre las piernas de la gente y se perdía de vista.
–¡Navidad!, ¡pollito, pollito! –gritaba Jamela. Pero Navidad no se veía por ningún lado. ¡Había desaparecido!

Jamela regresó caminando despacio a casa. Al final de la calle vio a mamá y la señora Zibi, que iban a su encuentro. Mamá parecía preocupada.

La señora Zibi tenía cara de enfadada. A Jamela le hubiese gustado que le crecieran alas y volar sobre sus cabezas, por las calles, hasta muy lejos.

–¿Dónde está el pollo? –inquirió la señora Zibi.

Jamela agitó levemente los brazos –Se ha ido, contestó.

–¡Oh, Jamela! –suspiró mamá.

Jamela puso cara triste, pero por dentro estaba contenta. Aunque no sabía dónde se encontraba Navidad, estaba segura de que no estaba en la olla.

Mamá cogió a Jamela de la mano y se fueron hacia casa. Cuando se cruzaron con Archie, mamá le saludó:

–¡*Molo*! Archie, ¿has visto nuestro pollo?

–*Aikona* –negó Archie. –Pero si lo veo, le diré que lo estáis buscando.

Calle arriba, Manos Sucias arreglaba un coche.

–¡*Molo*, Manos Sucias! –saludó mamá entre el ruido. –¿Has visto nuestro pollo?

–¿Qué? –gritó Manos Sucias.

Justo entonces un taxi se paró.

Los pasajeros gritaban –¡*Hamba*! ¡Sal! ¡Vete!

La puerta del taxi se abrió y saltó un orondo pollo rojo.

Navidad infló su plumaje, subió a la acera y entró en la peluquería de la señora Style.

–¡Vamos, deprisa! –gritó mamá.

Dentro de la peluquería, Navidad corría por encima de los
mostradores y las señoras con las trenzas a medio hacer.
Secadores, champús, peines, trenzas y adornos volaron por los aires.
Mamá cogió un capazo y atrapó a Navidad.

–¡**Viva!** –exclamaron las mujeres, cuando mamá acorraló con el capazo al agitado pollo.

La señora Zibi metió una mano por debajo del mimbre y sacó a Navidad.

—¡De la cesta a la olla! —gritó.

—¡Mamá, mamá!, ¡por favor! no dejes que la señora Zibi haga daño a Navidad —imploró Jamela.

—¡Un pollo es un pollo! —zanjó la señora Zibi.

–¡Navidad no es un pollo! –protestó Jamela. –Navidad es mi amigo y los amigos no se comen.

Mamá miraba a las clientas de la peluquería buscando ayuda. Pero todas observaban con dulzura a Jamela.

–Los amigos no se comen –corearon las mujeres.

–¡*Ga*, tonterías! –dijo la señora Zibi.

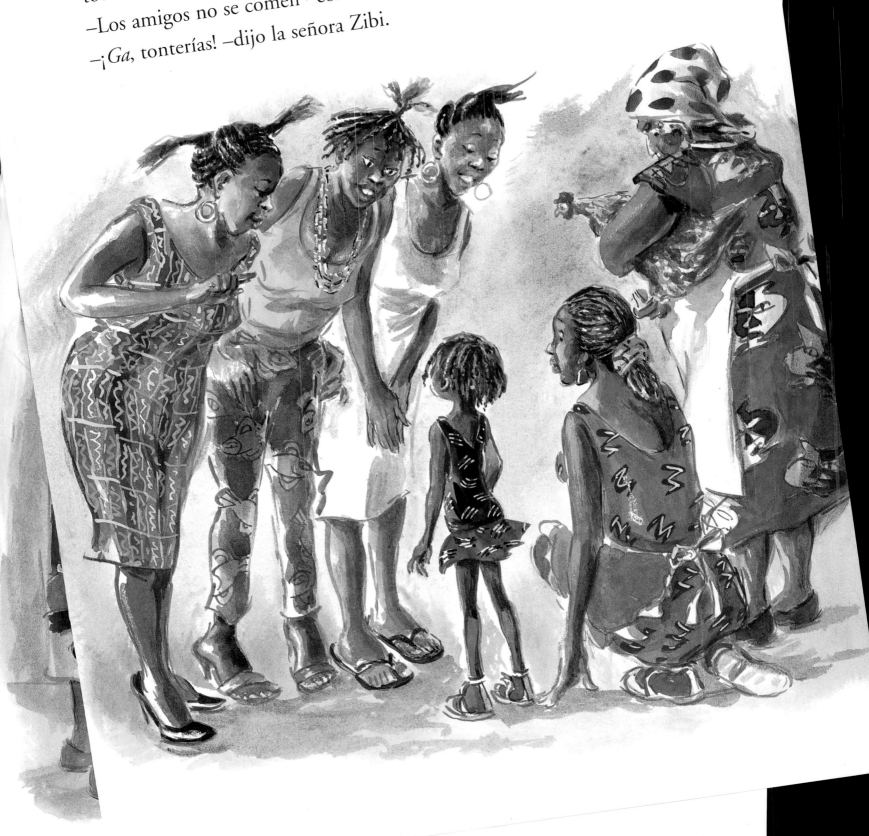

Después de que todos se intercambiasen los regalos, mamá propuso sentarse a la mesa y sirvió la comida. El vapor bailaba alrededor del guiso de arroz y *marogo*. Mamá destapó el delicioso calabacín cocido.

Jamela vio que Gogo buscaba con la vista el pollo. Pero Gogo no dijo nada. Todo el mundo estaba contento de compartir mesa el día de Navidad.

Después del pudín, Gogo se acarició la barriga. Luego, mirando a mamá, exclamó

—¡*Haai*! ¡Qué comida tan buena! Mejor que la de un hotel de cinco estrellas. Pero, *sisi*, ¿dónde está el pollo?

Jamela saltó de la mesa.

—Te lo enseñaré, Gogo —dijo.

Cogió a Gogo de la mano y la llevó al patio, donde Navidad estaba disfrutando con un sabrosísimo manjar de semillas de calabacín.

–¡Mira, Gogo, ahí está el pollo! –indicó Jamela. –Mamá me lo ha dado como regalo de Navidad. Y se llama Navidad.

Gogo miró al hermoso pollo, pero no se relamió los labios, sino que abrazó con fuerza a Jamela y dijo:

–Pues, ¡qué Navidad tan feliz!

# ¡Que así sea!

# Glosario

**Aikona** (xhosa/zulú): No

**Basuto:** de Lesotho, estado del Sur de África, antes de su independencia, en 1966.

**Ga** (afrikaans): una exclamación de disgusto

**Haai** (xhosa): una exclamación de sorpresa

**Hamba** (nguni): ¡Véte!

**Marimbas** (posiblemente swahili): xilofón africano

**Marogo:** (sotho): hojas verdes que se emplean para cocinar

**Mielies** (afrikaans): maíz

**Molo** (xhosa): hola

**Sisi** (xhosa): hermana. A las mujeres africanas se les llama "sisi", excepto a las mujeres mayores, a las que se llama "mama". Las madres llaman a sus hijas "sisi", como muestra de cariño.

**Viva:** saludo de victoria portugués que en Angola y Mozambique se utiliza como grito de celebración.